自分にかける言の葉

成田直美

文芸社

まえがき

ちょうど四十を過ぎた頃、エンディングノートを買った。買う理由がそれなりにあったからなのだけれど。理由はどうであれ人はふとそんな気持ちになることが誰にでもあるのかもしれない。でも、ほとんど書けなかった。書くことができなかった。いや、書くことがたいしてなかったのかもしれない。けれどあの頃、確かに自分の中で書きたい何かはあった。そう、色々とあった。色々と。

今思うと、書けなかったのは、あの二千円くらいの市販のエンディングノートが自分には合わなかったからだと思う。丁寧に分類されたたくさんの項目、きちんとそろったレイアウトで限られたそれぞれのスペース。自分の書きたいこととはなんかちがう……という戸惑いと、本来ならば書きやすいはずのありがたいものに、なんとなく自由に書けない窮屈さを感じてしまったからだと思う。その時の自分には不向きなだけだった。

私の中にあった「色々」を気持ちよく書かせてくれたのは、線も何もないまっさらな一冊の無地のノートだった。そのノートとの秘密の関係もかれこれ十年が経ち、結構な冊数となっていた。

自分が思ったこと、感じたことを、ただただ書いてみただけのノート。書いてみたって、言葉にしてみたって、どうにもならないことばかり。何かが変わる訳でも、自分が変わる訳でもない。でも、それを求めて書いてきた訳でもなく、誰かのためにでもなく、自分が自分のためだけに書いてきた心の中にあった色々な思いの言葉。初めはどれもが自分に足りていない「**欠ける**」言葉だった。それがだんだん自分を励ます「**架ける**／**掛ける**」言葉となり、自分を試してみたくもなる「**懸ける**／**賭ける**」言葉にもなり、やがて自分への思いをはせる「**駆ける**／**駈ける**／**翔ける**」言葉、そうすべてが自分に**✕**《かける》言葉となった。

こうして文字にして自分が「**書ける**」ことによって、自分に「**描ける**／**画ける**」この本、『自分にかける言の葉』をまとめることができた。

雄弁な文章、立派な言葉ばかりが必ずしも素晴らしいとは限らないだろうし、字の上手い下手でもないだろうし、人はどういう言葉に心が動かされるのだろう。知識や文章能力、表現のセンスがあるに越したことはないのだろうけれど、国語で満点を取ったこともなく、読書感想文は大嫌いで作文はたいてい原稿用紙が埋まらず半ベソをかき、薄っぺらい本でもまともに一冊読み切るのに何週間もかかる私には、当然そんな才能もない。唯一自信がもてた嬉しかったことといえば、ずい分昔に友人の結婚式でスピーチをさせてもらった時、自分なりの素直な思いと言葉に「とてもよかったです」と、帰り際に親族の方に呼び止められそう言ってもらえたこと。決して人前で話すことが得意ではない自分には忘れられない一言だった。そんな自分にいつもあるのは、思ったこと感じたことをまずは文字にする、書いてみるという、自分なりの心の抑揚みたいなものだけだった。

今こうして書き上げた原稿を手に取り、なんだか不思議に思う自分がいる。自分の心の中だけにあったものが、こうした形で手の中にある。でも、その一ページ一ページはどれも自分の一部なんだと思い、少しまじめに自分自身と向き合えた気がしている。

今の時代、指一つで何でもできてしまう世の中。文字も書く時代ではなく打つ時代。でも、自分の心の中にあるものを言葉に換えて、自分の字で綴って紙の上に書き残すという行為は、生身の人間、生きている時の自分にしかできないこと。うまく言えないことでも、ペンをとり少し時間をかけることで、自分の言いたいこと、自分に近い言葉がみつかることもある。言葉は言い直しはできなくても書き直しはできる。書くって正直めんどうだけれど、そういうちょっとしたさりげない力となにげない魅力があるように思う。どんな時代、どんな世の中になっても、人が文字を書くという単純でごく当たり前の光景がなくならないでいて欲しい、と切実に思う。

私には未だに大切にとっておきたい捨てられない手紙やメモ、忘れられない言葉がいくつかある。人の手が生み出した言葉や文字には、活字にはないその人の表情があって、肉声に近くて体温まで感じられるような、その人の人柄がにじみ出ているように思える。たとえ亡き人のそれであっても、過去を蘇らせてくれる大事なアイテムとして妙に身近に感じられるし、その人の核心に触れられたような気がして今でも嬉しくて、懐かしくて、いとおしく思えてくる。そして人の字は歳をとってもあまり変わらないのがいい。その人の文字で書かれたその人の言葉はどこか特別な感じがして、やっぱり私はそういうものが好きなのかもしれない。

誰にだって「かける言葉」はある。たくさんあるはずだと私は思う。その人のどんな言葉に出会えるのか、私はそんな「一語一会」が、ちょっぴり楽しみだったりする。

そして、自分自身も「言葉」と「書く」を大事にしながら、誰かにそう思ってもらえるような自分の言葉を持ちたいと思う。言葉を持っている人って、なんかいい。誰かに贈りたい言葉は自分にも贈りたい言葉であって、自分に贈りたい言葉は誰かに贈りたい言葉でもあるから。

こんな言葉のどれか一つでも誰かの心にとどまるものがあってくれたとしたら、それはこうして自分の言葉を書くことができたのは自分の人生に関わってくれた人々がいてくれてさまざまな経験ができたからで、辛かったこと、悲しかったこと、苦しかったこと、今までの自分の全部のことに、少し感謝できるような気がする。

言葉は経験から生まれるもの。感情から生まれるもの。そう日々、気づかされている。

目次

言葉について思うこと

人の心の在り方は、人それぞれに日々違う。今日心に響いた言葉でも、明日にはしゃくにさわる言葉に思えてしまうこともある。

どんな前向きな言葉よりも、ほんの一言のネガティブな言葉の方がしっくりくることもあるように、人には言葉との相性ってある。そして言葉の第一印象っていうのも大きい。見た目の印象は、はじめはイマイチだったとしてもいくらでも挽回していけるものだけれど、一度与えてしまった言葉の印象はなかなか変えられない。案外ずっと残るものだったりする。バラエティ豊かな言葉は持っていたいけれど、自分の言葉のイメチェンって難しい。だから、できるだけ初対面の言葉は大事にしていたい。見た目以上に。

けれど、そんなに都合よく気の効いた言葉やしなやかでかしこい言葉が、とっさにでてくる訳でもみつかる訳でもなく、自分らしさを言葉にすること、言葉で自分というものを判断されてしまうことには、後悔や誤解もつきものだったりする。人も言葉も「生きもの」なんだなと思う。

臨場感のある言葉。

等身大の言葉。

生き心地のよい言葉。
ふとした自分の言葉に、はっとしてぞっとすることもある。
ふとした誰かの言葉に、ぐっときてきゅんとすることもある。
人から貰い、自分で生み出し、また人へと贈る言葉。
言葉はたくさん持ち合わせていたい。誰かのために。自分のために。
何故ならそれは自分の一部でもあるから。

言葉にできないことは
無理に言葉にしなくていい

単に言葉を
まき散らしても
何も　伝わらない。
寡黙、冷静さえ
なんだか大事。

言葉は

威力、魔力、魅力、暴力、

そして

人間力

やれば出来る!!
って言葉、あまり好きじゃない。
買えば当たる!!
ってもんじゃないし、宝くじ。

文字と恥は
たくさんかきなさい
本と心は
少しは　よみなさい

がんばれ。

その一言で
がんばれる人と
がんばれなくなる人

がいる

喪失感、脱力感、虚無感、空虚感、
徒労感悲壮感焦燥感……

まるで悲しみのお経みたいな言葉
でも唱えるうちにいつかは楽に
なってゆけるのだろうか、
悲しみがやわらいでくれるだろうか

一度とことん無になって落ちてみる

すべての言葉をアップデートする
必要なんてなくて、
ぶさいくで格好悪いままの方が
かえってやさしく伝わることもある。
あかぬけなくたっていい言葉もある。

自分に麻酔をかける言葉って
必要だと思う。
自分を一番大事にしないと
誰かを大事になんてできない。

言葉の素肌に触れてみる

言葉がみつからない時は
ひたすら黙る
ひたすら涙をながす。
言葉よりも伝わるものが
あるかもしれない。

世の中について思うこと

世の中には「大切なこと」がたくさんある。

でも、もっとたくさんあるのは「どうでもいいこと」かもしれない。

所詮、人は限られた時間しか生きられないのだから、どうでもいい自分事、どうでもいい他人事、くだらない固執や執着はあまり持たない方が、うんと生きやすいような気がする。

抗えないことが多い世の中で、自分がそれにどう向き合い、どう諦め、どう割り切り、どう飲み込み、どう認めるか……。それによって自身の心のあり方も違ってくる。

時には、どうともなんとも思わない、「無関心」という向き合い方もありなのかもしれない。どうでもいいことに早く気付くことは、ある意味自分を楽にさせてくれる。

時代の流れにもうまく乗らないと、いずれどこかで取り残されてしまう不安が常につきもので、せめておぼれて沈んでしまわないように自分なりの浮輪を持つか、とりあえず流されるがままに流されてみるか、それなりの工夫や判断も必要になってくる。無理せず要領よく、流れに関係なく生きてみたいと憧れるけれど、なんとなく、すでに自分はおぼれかけ、沈みかけてるように思う。そんな生きづらさを今の世の中に正直、感じてしまう。

それはきっと、世の中のありとあらゆるものが進化し便利になったのに、人の心がそれほど豊かには見えないのと、そんな世の中がそれほど魅力的にも見えないからなのかもしれない。効率の良さ、利便性、そればかりが重視されがちな今の時代にも、鈍臭さや面倒臭さ、古臭さがあってくれた方が、私にはうんと生きやすく、ほっこりできるのだけれど。

理想と現実はずいぶん違うもの。
あらかじめ違うとはわかっていても
さらに違うのが

現実。

たいての人間関係は
はじめいい人にみえていて
しだいに　失望する

ネットが与えてくれるのは情報
であって情緒や情念ではない。
つながっているのは電波であって
互いの心でもない。

スマホの中身には
人間の中身と同じくらいに
大事なものがいっぱいつまっている。
そしてどちらも脆く壊れやすい。
スマホは時々スマアホになる。
それも、人間と同じ。

好きなものは違っても
嫌いなものが見事なくらい同じなら
人間関係は　案外
うまくいくもの

物事には何にだって
裏と表がある
裏ばかりでは困るけれど
表だけでは生きてはいけない

オセロのように
次々と手のひらを返されてゆく。
ドミノのように
順々に押し倒されてゆく。
まるでゲームのような
そんな人間関係の在り方を知る。

世の中は、
どうにかなること、
どうにもならないこと、
どうでもいいこと、
この三つ

時間《じかん》薬《ぐすり》という特効薬
その効き目に個人差はあるけれど
じっとこらえて　信じてみる

知る権利より大事なのは
知られない権利
知りたくない権利

なんでもかんでも検索、検索……
それなりの
知識や情報は得られるけど
それほどの
知性と常識は身につかない

過度な期待も
過度な不安も
どちらも人をだめにする

情報はつめこもうとすればきりがない
その真実性や質を
みきわめる能力があればいいのだろうけど
人の頭や心は
そんなにおりこうさんじゃない

いいやつ。
悪いやつ。
簡単に人を二分することは
できない

悪徳が一つ裏を返すと
美徳になるように
美徳の陰には
悪徳が息づいてる
世の中、そんなもん

身内にかけるのは心配。
他人にかけるのは迷惑。
自分にかかるのは責任。

医者と薬は大嫌い。
でも、
いてくれないと困るもの、
ないと困るものって
絶対にある。
人生にはそんなものが
いくつもある。

口にしたらダメなこともあるけど
思ってはいけない
考えてはいけないことって
ないのかもしれない
だってしょうがないことだから

立ち止まったり
後戻りしたりしても
目には見えない前進って
あると思う

知らなくて救われていることが
この世の中には
いや、自分には
とてもたくさん　ある

女の最大の敵は女。
でも、
女の最高の味方も
やっぱり女。

今がよくても
今がわるくても
人間万事塞翁が馬
そう、おもう

世の中には
ルールや規則、
揶圧やマナーは
絶対に必要だと思う
ハメをはずす楽しみのために

世の中、
ありとあらゆるものが便利に
なったのに
心はそれほど豊かに
ならないのは
何故
だろう

人について思うこと

失敗や挫折を知らない人
悲しみのどん底を知らない人
一度も風邪をひいたり病気になったりしたこともない人を、うらやましいと思ったことがある。そんな時、「他人に対する理解や洞察力、思いやりは、苦労や悲しみ、痛みを知る人に養われるものなんだよ」と誰かに言われた。それ以来、うらやましいとは思わなくなった。
物質的に困っている時に助けてくれるのは、権力者であったり経済的に余裕のある人だったりする。でも、内面的に寄り添い支えてくれるのは、本当の苦しみ、悲しみを知る人なのかもしれない。そう思ったから。
そしてそれは、乗り越えられた人だけができるものではなく、苦しみ、悲しみの中に今まさにいる人、未だにいる人でも、誰かの心に寄り添い、いたわることができるのだと思う。
それができる人というのは、どこか儚げで人間味の深さがあって、本当の強さ優しさがあるように思う。

そして自分自身も、そういう人でありたいと強く思う。
人の心はそんな時に育つのかもしれない。

人はどこまで正直に
生きられるのだろうか

人は色々。
そう、
人はいろいろ。

長所で嫌われる人もいれば
短所で好かれる人もいる

人の死は
人の生のあり方を
いちばん厳しく問う

いいこと、嫌なこと、嬉しいこと、悲しいこと、
何もかもを無理して誰かと
わかち合う必要はない。
秘めることも
それなりに意味があるのだから。

心は
厚化粧でもすっぴんでもなく
薄化粧くらいが
ちょうどいい

仕方がないこと
季節が移ろいゆくように
人の心だって
変わりゆくものなんだから

人は人ができる以上のことを
してはいけない
頑張りすぎないというのは
人のため、自分のため。

自分らしい生き方を持っていて
こつこつと地道な努力をしている人
失敗を社会や他人のせいにしない人
相手を傷つけないような気配りができる人
無造作に他人の心の中をのぞこうとしない人
弱さを知っていて他人の弱さにも寛大な人

それが　理想の人

心と体の強度、耐震力は
人それぞれに違う
土台が人それぞれに違うから

「捉折」という起爆剤

思い出って
「人」と「時」を思うこと

もらい涙は
ちょっと心地よいけど
もらいゲロと
もらいうつは
ちょっとしんどい

人はこれからもずっとこうして
スマホの画面ばかりをのぞいて
生きていくんだろうか。
怖すぎる…… 残念すぎる……
世の中はのぞけても
自分自身はうつってなんかいないのに。

デパートの包装紙の
　五千円のマフラーと
スーパーの包装紙の
　一万円のマフラー
人はどちらを喜ぶのだろうか

人は
とてつもなくすばらしい部分と
とんでもなくおそろしい部分とが
ある

無感情で完璧にやるよりも
感情のあるてきとうさ
の方がなんかいい

なんだかんだ
謙虚さと誠実さが
最大の魅力。
人として。

「コンプレックス」って「悪」じゃない。
もつことによって謙虚になれるし
人の痛みもわかる。
その塊というのは困るけれど
それがない人というのは
もっと困る気がする。

誰かにとって
日常茶飯事のことでも
誰かにとっては
緊急事態、異常事態
だったりもする

「約束」は
守るためにあるのだろうか。
破るためにあるのだろうか。

さまざまな人の生き様に
こうるさく介入しないで
色々な生き方を容認して
いい意味で
他人に対して無関心である

人は、
誰にも言えない
誰にも言わない楽しみがあっていい。
誰かを、何かを意識、遠慮しての
楽しみは
本当の楽しみじゃないから。

本当の悲しみに
風化や
時効なんて
無い。

非常識、※不謹慎、※と
叱られるかもしれないけれど
ユーモア精神って
辛い時、悲しい時にこそ
必要なんだと思う

人は
忘れることで
前へ進める

許すということほど
人生でむずかしいものはない
許しを可能にしてくれるのは
年月しかない
時間っていうものは
なんて偉大なんだろう

忘れる　ことも能力の一つ
都合よく忘れることは
才能の一つ

人が抱えている悩みの
形、大きさ、深さ、重さは
誰かのそれと似ていることはあっても
けして同じものはない
人が人それぞれであるように

やらずに後悔するよりやって後悔の方が
格好いいのかもしれない。
やって後悔というのは　とり返しのつかない後悔。
やらずに後悔というのは　未練の残る後悔。
どちらが正解不正解といえるものでもない。
ただ言えるのは、
どちらにしても　自己責任。

無知と無能の自覚を
多少もつことで
人は少しだけ
いい人になれる

狭い社会だけで
育ってはいけない。
そこだけで人生を
終わらせてはいけない。

一人と独りは違う

笑顔が必ずしも みんなを笑顔にする
とは限らない。
その笑顔に虚しさや悲しみや怒りを
感じる人もいるだろう。
人の状態というのは
人それぞれに違うから。

目を開けて見えるもの、
目を閉じて見えるもの、
どちらも大事。

人の心はさまよえるもの

何かを覚えることよりも
忘れることの方が難しい。
それは、
努力をすれば覚えることはできるけど
どんなに努力をしても
忘れられないものがあるから。

下手な追究心はもたない方が
楽でいられることもある。
さしさわりがないのなら
真実を、求めなくてもいい。
疑いを確信にする必要もない。
どちらにしたって
苦しむのだから。悲しむのだから。

人には
その人の器量というものがある。
その中で精一杯、やればいい。

あきらめないでいるのは
大切な一つのことだけでいい。
その他いろいろなものは
あきらめるも いいんじゃないかと思う。
一度 あきらめてしまえば
なんでそんなに固執していたのかなって
ばかばかしく思えてくることも多い。

人は

いいことをしながら悪いことをする

心は一度死んでしまっても
また生き返れる気がする。
でも、
自分一人じゃ心の蘇生はむずかしい。
絶対 無理。
人はそんなに強くない。

「風化」と「忘却」は
あまり好きじゃない言葉。
でも、人は時にそれをたよりにして
生きていかなくてはならなかったりする。
時の流れは　ありがたくもあり
どこか　さみしくて　切ない。

「生」は命がけ
産む側も生まれてくる側も。
そして
「死」も　あるいみ命がけ
逝く側も見送る側も。
その瞬間だけは
誰もが　とてつもなく　苦しい。

人はかならず
誰かに好かれ
誰かに嫌われている

愛、優しさについて思うこと

優しさや思いやりや愛情って、ふんだんに注げばそれでいい、というものではないのかもしれない。

相手の状況に応じた適度な配分量みたいなものがある。その加減をまちがえてしまうと、優しさや愛情がおしつけがましくうっとうしいものになったり、一方的なものになったりしてしまう。それはどんな間柄の相手でも同じだと思う。

けれど、その配分量が難しい。加減がわからない。この配分量が正しいのかそうでないのかを確認するのもなかなか難しい。

そうやって「すれ違い」というものは生まれるのだろうと思う。目安というものを把握できるに越したことはないけれど、その人その人の適量っていうのは多分、きっと、わからない。無理してわかろうとしなくてもいいのかもしれない。

純粋な優しさと愛情があるのならば……。

嘘を最後までとことん追及せず
オブラート一枚分くらいの嘘を
残しておいてあげることが
もしかしたら
最高の優しさなのかもしれない

ほんのちょっとの罪悪感は
心のバランスを保ってくれる。
そして人との関係を
優しくやわらかくしてくれる。

不倫の果ては
「耐える」
「奪う」
「諦める」
この三つの道しかない

愛しあっているから結婚する、
というのが正統的な結婚、
だとすると、
愛がなくなったから離婚する、
というのも
正論といえば正論。

この結婚生活の中に
自分の人生があるのではなくて
自分の人生の中の一部に
この結婚生活がある

物事には加減や距離が大事
それをまちがえると
好きが嫌いにかわってしまうから

愛するということは
相手を不安にさせない
ということ

死の間際、
誰かを、何かを
強く愛したことを
思い出せる人生
を、
送りたい

愛するということは
相手がその人らしくいることを
認めてあげること。
決して自分の気持ちを
おしつけないこと。

恋愛中は
一心同体でいられても
結婚すると
二心二体であることを実感…
いや、痛感する

愛の反対は憎しみではなく
無関心
です

子育てにつきものなのは
比較や競争心、さらには自身の
承認欲求。
停滞や失敗することへの不安や恐れ
焦りで悩んでばかり。
いい歩みができるためのいいレールを
用意することに必死になるけれど
そのレールを歩むのは自分じゃない。

大切に思う人にほど
「自分勝手自己満足な
愛情」というエネルギーをそそぎこむ、
けれど、その結果、
嫌われる

みてみぬふりも　おもいやり

自分や他人を
無理に励まさない

恋愛の醍醐味は 多分、
人生を根底から問い直すような
相手によそ自分の知らない自分を
発見していくような
そういうものだと思う

おせっかいは
やいてみる。やかれてみる。

一人で多くの人を救えなくても
一人で一人の人を救うことはできる
何かを支えたり救ったりすることは
容易ではないけれど
支援は自分のやれる範囲で
充分なのだと思う

がまんと思いやりは
紙一重。

悲しみは
のりこえなくてはいけないもの
ばかりじゃない。
とどまっていてもいい
そんな悲しみや想いも
あったっていい。

恋愛は
最高の人間の成長の場

何が本当で何が嘘か、
何が正解で何が不正解か
わからずじまいのままでもいいこともある。
答えを求めない　答えを出さない方が
いい場合もあるのだろうから。
その方が　人の心には優しい。

幸せについて思うこと

大切なものを失い、その尊さの重みに改めて気づいた時、
親を看取り、子としての自分でいられなくなる淋しさを感じた時、
病気になり、初めて死の怖さを意識した時、
決して浅くはないであろう自分の心の闇を自覚した時、
生きるのがしんどくてふと人間をやめたくなった時、
自分にもそんな色々な「時」があった。
何かに気づいたり、感じたり、意識したり、自覚したり、嫌になったりするのは、生きていれば当たり前のことで、そしてその時に自分がどうであったのか、どうありたいと思うのか、自分が自分を知ることは大事なことなのかもしれない。
そして自分と同じように、誰でも色々な「時」を持っている。
空模様と心模様は似ている。ずっと晴れの日が続くことはないし、曇りの日も雨の日も台風や雪の日も、近頃では雹《ひょう》が降る日だってめずらしくはない。雲の形だって毎日違うし、雨の降り方もしとしともあればゲリラもある。
全く同じ空模様がないように、人の心も日々微妙に違う。幸せの見え方、感じ方だって

日々違う。

人は不幸中の幸いな時と、幸い中の不幸な時を、何度も繰り返し生きているような気がする。幸せって常に感じているものではなく、ふと感じるものなのかもしれない。そんな「ふと」がたくさんあるほど、幸せなんだと思う。

私は、なんだかんだ自分が必要とされていると思う時に、なんでもない身近にある幸せをふと感じる。

大切なものは
そんなにたくさんなくても
いいのかもしれない

人生に幸福感に満ちた豊かさを
もたらしてくれるのは
お金でも 容姿でも 才能でもなく
いい人間関係なのだと思う

誰かと一緒にいることも
一人きりでいることも
両方大事

いつからだろう…
人は記憶に残すのではなく
記録に残すようになってしまった。
確かに記憶は一人よがりでうすれゆく
不確かなものなのかもしれない。
記録は確かなものを証拠として残し
誰かと共有できる。
でも、
人の心の奥に居心地よく残るのは
前者のような気がする。

誰かと
何かと比べるから
人は不幸になる

勝ち組だの負け組だのって
いうけれど
その人が自分の生き方に
満足しているか　いないか
それだけだと思う

大きなことは望まず
分をわきまえて欲張らなければ
悩みやストレスなんて案外
無くなるものなのかもしれない

手紙のよさは即レスなんていうものにふりまわされなくていいところ。すぐに返信を求められたり求めたりしなくていいところ。無駄だと思われている時間と手間にはそういうゆとりや心地よさがある。

そのうちいつか
消えゆく幸福
そのうちいつか
撥ねかえせる不幸

夢はみるものじゃない
叶えるものなんだ〃と簡単に
熱く語るけど、叶えなくてもいい、
叶わなくてもいい、夢のままでいい
と思うことだってある。
あまり強く背中を押さないで欲しい。
夢のもち方の多様性を
認めて欲しい。

生きたくない
逝きたくない

自分が死の間際に思うのはどっちだろう。
どっちにしても辛い。
どうせなら心も体も楽な方がいい。

他人との比較で優位になること、
「いいね」の数が増えること、
人が何に幸せを感じるのかは
人それぞれだけど
本物の幸せかまぼろしの幸せか
の区別くらいはつけられる大人でいたい

ほどほどが一番

世の中には
確かなものなんてない
確かそうにみえる
不確かなものばかり

人の
幸不幸なんて
所詮他人には
わからない

祝福を
たくさんあびるより
バ恥を
とことんされる方が
嬉しい。

諦めた方が幸せになれることもある。
人生で選択を強いられた時
どうせ先のことはわからないくらいの
諦めとてきとうさがあれば
生きていくのは
そんなに辛くはないのかもしれない。

幸せな結婚　とは、
実態はどうであろうかなんて関係なく
他人に
しあわせそうにみられること
なのかもしれない

どんなに暗く悪い時でも
永遠につづくことはない。
それは
幸せの時がつづかないのと同じ

誰かに必要とされていることで
自分の存在の意味を知る

好きなことをして老いる

「幸福」って何だろう……

自分が何を幸せだと思うのか、

ということに気づけることなのかな

そして、

その価値観を押しつけたり

押しつけられたりしないことなのかな

誰かがどこかで被災して
辛く悲しい思いをしている。
日本全土が被災してしまうと
助けてくれる人がいなくなってしまうから
ある特定の場所が運命のいたずらの
犠牲となって自分の身代りになって
くれている。
そのことを、忘れちゃいけない。

自分、生きることについて思うこと

人生にはさまざまな苦悩がつきものだと、わかっていたつもりでいたけれど、やっとわかってきたというのが実のところ。子育ても結婚生活も「楽しい」「嬉しい」のきれい事ばかりではないし、自分がこんなくたびれ方、ずっこけ方をするなんて、と嘆いたことは数えきれないほどあった。

だけど、それって自分だけじゃないのだろうな……というのもやっとわかってきた、というのも実のところ。苦悩は他人には見えない・見せないだけで、誰にでもあるのだろうから。知ってほしい苦悩もあれば知られたくない苦悩もある。

私は子育てが下手だ。おまけに自分育ても下手だ。

とんちんかんな愛情のかけ方だったり、センスのない自己満足の優しさだったり、空回り空振りの無駄な必死さで、自分自身がよく見えていなかったり、ちんぷんかんぷんでわけのわからないことの連続だった。よかれと思って一生懸命むきになってやってきたことの大半は裏目にでる。今さらながらそう思う。今だからこそそう思う。

ただ、反面教師としては、やや上手くやれたのだろうか。

少しでもそう思えるものがあれば、反省後悔ばかりの自分を責めるのもそこそこにして、ほんの少し自分のだめさを労ってみようかとも思う。

でもやっぱり、「母」「妻」「嫁」としての自分には、合格点はつけられず、どれも中途半端な出来損ないのような気がして、どこか情けなく申し訳なく思う自分がいる。唯一、合格点（しかもやや高めの）をあげてもいいと思える自分というのは、「娘」としての自分だけ。どの自分にも合格点はあげられなくても、たった一つだけでも自分がよしと思える自分があればそれでいいのかもしれない。でも、そんな肩書き（正確に言えばバカ娘）は、もういつまでも与えられてはいないだろう。淋しいけれど。

色々なことに気づくこと、気づいていくこと。

今さら思う、今だからこそ思う、今から思う、色々な思うで人は生きている、生きていくのだなと思う。

ゆるく
ゆっくり
生きてみる

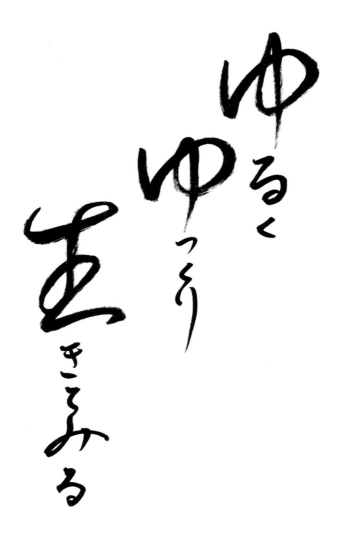

生きる秘訣は
メリハリ
バランス
タイミング
この三拍子

不健全な自分を通して
健全な自分というものを知る

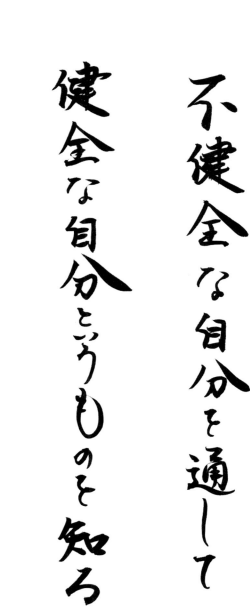

美しい心より
強い心を持っていたい。
美しい心は美しいがゆえに
けがされやすくもろいけど
強い心があればそんな美しい部分も
守ってあげられる気がするから。

止まない雨はない
というけれど
止まない間が
ものすごく辛くてたまらない

病気というものは
なるときには　なるもの

うつ病は、
うまく付き合えば「心の風邪」
「下手に付き合えば
心のがん」になる

火事場の馬鹿力は
馬鹿ならなおさら。
自分の中の
馬鹿の力を
信じてみる。

致命傷にならない程度の傷を
いくつも重ね
自分自身を強くし、
回復、再生できることを
自ら知そみる

一日をふり返って
一度も笑わなかった日。
そんな日があったっていい。

あきらめなくてはならないものと、
あきらめてはいけないものを
見極める

割り切って
諦めて
チャレンジ　する

どこに価値を置くのか
何に心をもっていかれるのか
人は人それぞれ

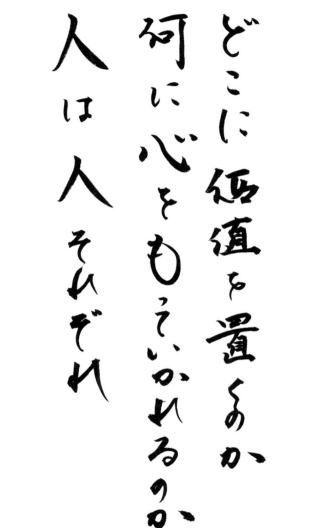

くだらないプライドと
どうでもいいこだわりはもたない。
ゆずれない何かが一つあればいい。

引き出しは多く持ていたい
カギのかけられる引き出し、
いっぱいにつめこんである引き出し、
そして
からっぽの引き出し

生き方は、法を犯さない範囲で
それぞれ自由で勝手であっても
いいのかもしれないと ふと、時々、
そう、自分勝手に
思ってしまう

子育てをしていると我が子が
時として、
天使のような悪魔
悪魔のような天使
にもみえる

きっと、自分もそうなんだろう

嫌なものは嫌。どうしたって嫌。
好きなものは好き。
でも、どうしたって好きって程でもない。
好きより嫌いをとことん極める
残念な自分

自分のキャパは少なめに
自分の疲労は多めに
見積もるのが
自分を保つコツ。

逆境や不都合に出くわした時の
人間の強さは
本物だと思う

寄り添うことは大事だけれど
ふりまわされないことも
まきこまれないことも　大事。
何かを、誰かを支えるのって
そう簡単なことじゃない。

挫折も生きていく上では大事。
けれど、
本人にとって乗りこえられないほどの
辛い苦しみは
もはや「挫折」なのではなく
失望の終点にある「絶望」
なのかもしれない。

じわりじわりとおとずれるお別れも
突然やってくるお別れも
やっぱりお別れはつらくてたまらない
でも
つらくないお別れなら
自分にはあまり意味もない

大事なのは
何をするか　ではなくて
何をしないか　だと思う

若さとひきかえに
何かを手に入れるものがあれば
年をとるのも怖くなんかない。
そう強がりながら　生きていく。

人生の着地点がどこなのか
生きているうちは　結局わからない。
だとしたら
今を一番大事にするしか
ないのかもしれない。

人生に無駄な経験はない
というけれど、
したくない、しなくてもいい経験は
たくさんある。
だって、すべての経験を一生のうちに
うまく生かしきれるわけじゃ
ないんだもん

時々、心を耕《たがや》す。

嫌われる勇気を
持っていたほうが
ずっと生きやすい

人の人生の骨組みは
たくさんの「一期一会」から
成り立っていて
その中の究極の「一期一会」が
自分の人生を左右する

出会いと同じくらい
別れも大事にしたい。
別れを大事にすることで
生まれる出会いもあるから。

あきらめない　という勇気

あきらめる　という勇気

どちらも大事な　勇気

う゜ぬぼれない。
う゜かれない。
う゜らまない。
う゜らやましがらない。
う゜そつかない。

5つの
ダメう゜

こうなりたい…　こうでいたい…
という目標や願望が
生きる指針や原動力に
なるはずなのに
気づいたら
それがストレスの塊になっていた

悩み、苦しみ、痛み、悲しみ、
妬み、嫌み、憎しみ、
恨み、ひがみ、しがらみ……

苦悩の10大み要素

日々の生活を、人生をつまらなくしてまで
健康第一を貫くのもなんだかな～
だけど、でもやっぱり健康が一番。
健康のために生きるのじゃなく
生きるために健康でいたい。

警察、病院、裁判所

この三つのお世話にさえなんなきゃ
何やってもよし!!ってくらいの
太っ腹で寛容な心を持ちたい。

身内にも、
他人にも、
自分にも。

毒はそれが自身を守り
いざというときに武器となるのなら
ためておいてもいいのかもしれないけれど
相手と場所を間違いなく定めたら
大いに吐き出すべきなのかもしれない
吐き出さないままでいたら
自分に毒がまわって死んじゃうのだから

人生には
余白、空白、無駄とか
そんなものがどこかしらに
あっても　いいんだと思う

人は限界を知らない。
他人の限界も。
自身の限界も。
きっと限界というものは わからない、
そういうものなのかもしれない。
何かがそれによってこわれるまでは。

一期一会を大切にする自分を

大切にする

心臓は動いて生きていても
心は止まり死んでいる。
体も心もちゃんと息をして
生きていたい。

人生そいうのは時として
ほんとうにひどいもん。
でもだからといって
自分でそれを投げすてるほど
ほんとうにひどいもんなのだろうか。

色々な自分を
持っていないと
自分が自分をあきてしまう

自分らしさがわからなくて悩んだり
自分らしさがわかりすぎて悩んだりする

信じられるものがあれば
心のよりどころ、救いとなる。
でも時として
それが心の呪縛、苦痛にもなる。
だけど、
自分だけを信じて生きていく
と言えるほどの信念や強さは
自分にはない。

物事は
あんまり深く考えすぎないこと。
いいことも。
そうじゃないことも。

私の人生は
ほかの誰のものではなく
最終的には
私自身のもの

あとがき

二〇二四年、今年は母の七回忌。母の遺品の整理は思った以上に大変だった。こんなものまで残していたんだ……と思わず笑えてしまうもの、呆れてしまうもの、泣けてきてしまうもの……。そんな、単に捨てなかっただけのものもあれば、捨てられなかったもの、捨てたくなかったもの、の混在した母にとっての宝物を、兄・姉と一緒に許す限りの時間を使って一つ一つ整理した。色々な感情を割愛して多少お金をかければ、時間も労力もかからずに楽にできたのかもしれない。でも、そうしなくてよかったと今でも思う。

母の七十二年間の人生がどんなものだったのか、母の想いにも触れることができたし、思い出すと恥ずかしくなるような昔の自分にも再会できた。何より、母が人や言葉を大切に思って生きていたんだと知ることができ、そんな母の子でよかったと改めて思えたことが、大変な作業の中で見つけられた喜びでもあった。

でも、母が一番大切にしていたものは見つけられていないような気がする。それだけは今でもわからない。母にしか。

誰かにあげたり自分が使ったり、リサイクルショップに出したり、処分や行き先に困らない物は整理しやすいけれど、その人が大切にしていたであろう想いや言葉というのは、どうやって大事に残してあげられるのだろう……。深く考えず、悩んだりしないことが一番いいのかもしれない。けれど、残しておきたい、伝えておきたい想いも、きっとあっただろうとも思う。でもその人にしかわからない想いというのは、たとえ身近な家族であっても誰かが何とかできるものでもなく、どうすること、どうしてあげるのが正しいのか、結局はわからない。

先日父が入院した。この本ができる頃には、もしかしたら生きていないかもしれない。「現実から逃れるな」「我が人生に悔いはなし」そんな言葉を座右の銘のようにしていた父は、言葉というものに対しても責任感の強い人だったと私は思う。警官だった父らしさを感じる。

そんな父の言葉には、印象に残るものが意外とある。本当は話したい言葉も書きたい文字もいっぱいあるはずだろう。今でも、いや、今だからこそ。当たり前のように「思う」

「書く」「伝える」ということを、当たり前にできることとの「尊さ」を、本当に切に感じさせられている。今。

『いつか』は、いつか必ずくるのだから、残しておきたいもの、やっておきたいこと、自分にしかできない片付けは、今から自分でやっておこう。つくづくそう思った。

自分の想いや言葉を断捨離していくのではなく、きちんと整理しておくこと、残しておくこと。ある意味これは自分の言葉の終活。

人はいつ死を迎えるかわからない。それは誰にでも公平に与えられている命ある者の定めだと思う。

人生百年時代といわれるようになり、その半分を越えてしまった自分。終活するにはけして早くも遅くもどちらでもないのかもしれない。今から自分がぼちぼち始める終活は、けして生きる気力を失うような死に支度のようなものでもなくて、むしろ元気でいるからこそできる終活。だから最初にやっておきたいと思ったのが、この言葉の終活だった。

そうしながら自分の人生を振り返り、その時々で生まれてきた自分の言葉と向き合いそんな「今までの全部」が今の自分に、これからの自分に、何かを残し、生きる意味を改めて教えてくれたらいいなと思う。

近頃のお葬式で思うのは、コロナの影響もあってかスタイルやスケールがだいぶ変わり、ずい分とこぢんまりしたものになってしまったけれど、内心これでいい、これがいいと思う人が増えた気がするということ。別れを堪能する……というのも変だけれど、余計な気遣いに悲しみを邪魔されることもなく、それぞれが思いに集中できて悲しみを凝縮する、そんな在り方を望むのかもしれない。

故人を偲ぶ時、○○な人でした、とか、あーだこーだと、好き勝手なことを言われてしまいがちだけれど、最近では生前に自身の会葬礼状を用意しておいたり、自分史というものを書く方もいるときく。

もし、自分が故人となりそんな時がきたのならば、どうせならこの本をお世話になった方に渡して欲しいと思う。この場を借りての遺言？　いや、できれば今のうちに渡しておこう。

そう思える人がいてくれること、そういう人の存在そのものが、私には何ものにもかえがたいほどの宝物なのだと思う。

でも、こうして「本」にするのって簡単なことじゃない。色々な意味で。

だけど、どうしても書いてみたかった。書いておきたかった。残しておきたかった。

「本」というちゃんとした形で。言葉を、文字を、思いを、誰かに。

もちろん、墓場までもっていくべき言葉は別にあるけれど。

この本がいつか誰かの遺品の一つになってくれること。

読まれなくなって埃がかぶったまま本棚の隅っこに置かれているだけでもいい。そして
やがては片付けられて捨てられてしまっても。

ただその人の人生の最期まで、その人の傍にずっと置いてあってくれたのなら。そんな
本であって欲しい。そんな思いで書いた本。

そして、最初で最後のつもりで書いた本。でももし自分が、五年後、十年後に、こうして今と同じように元気で生きていたら、この続きを書けたらいいなともちょっぴり思う。きっと年を重ねたなりのたくさんの自分の言葉が、書きたい何かがあるだろうから。さっそくまた、あのまっさらなノートを五冊くらいは買ってこよう。そして、もう一度あのエンディングノートを開いてみようとも思う。今度こそ書ける何かがあるかもしれないから。

そう思うだけで、なんだか書く楽しみ、かける楽しみ、生きる目的ができる。なんだかんだ言いつつも、この『自分にかける言の葉』という自分なりの一つの「終活」は、自分が自分らしく生きていくきっかけを与えてくれているのかもしれない。考え方、捉え方を少しかえるだけで、人生はなんとなくおかしくもあり、おもしろくもある。そんな気がしている。

最後に、この本を出版するにあたりご協力して下さった文芸社の皆様との一期一会の出会いに改めて感謝致します。

追記

この本の編集中に父が他界しました。

「お前も悔いなく生きろ」

「我が人生に悔いはなし。この本を手にとれなかったことをのぞけば……」

そんな父の言葉が遠くからきこえてくるような気がします。

著者プロフィール
成田 直美（なりた なおみ）
1971年生まれ
いて座
O型
神奈川県出身
猫が好き

自分にかける言の葉

2024年９月15日　初版第１刷発行

著　者　成田 直美
発行者　瓜谷 綱延
発行所　株式会社文芸社
〒160-0022　東京都新宿区新宿1－10－1
電話　03-5369-3060（代表）
03-5369-2299（販売）

印刷所　TOPPANクロレ株式会社

ISBN978-4-286-25500-2